La Duchesse des Caprices
vous invite à une réception
– une soirée des plus insolites,
avec des invités des plus inattendus.

Randall de Sève & Peter de Sève

La Duchesse des Caprices

éditions
[MiC_MaC]

La Duchesse des Caprices
était connue à travers tout le pays
pour ses somptueuses réceptions,
ses tenues recherchées,
sa conversation originale,
ses drôles d'animaux de compagnie
et ses fréquentations des plus
étonnantes.

Pour la Duchesse, le Comte de la Norme
était aussi banal qu'une pomme.
Il portait des habits ordinaires,
avait un chien ordinaire,
et discutait, avec le plus grand sérieux,
de choses très *ordinaires,*
comme les mauvaises routes du royaume,
les oiseaux qui nichaient au manoir,
ou le temps qu'il faisait ;
et ce, même si personne n'écoutait.

La Duchesse était la reine des soirées.
Le Comte était…
et bien, disons simplement
que les réjouissances continuaient malgré lui.
Dans ce cas pourquoi le Comte était-il aux soirées de la Duchesse ?
Car elle était la fille du roi, et son père lui ordonnait de l'inviter –
leurs royaumes devaient rester amis.
Et car le Comte aimait la Duchesse.
Il aimait ses histoires gaies.
Il aimait ses folles tenues.
Il aimait, tout simplement, *sa joie de vivre*.

Le Comte de la Norme n’avait pas peur d’être moqué
pour impressionner sa dulcinée.

Un soir, il emmena à une soirée de la Duchesse
une girafe empruntée au zoo royal.
Elle mangea le feuillage qui ornait les chapeaux des dames
et eut le temps de goûter à la tapisserie de la salle de réception…
avant que la brigade spéciale antiparasites arrive sur les lieux.

Le Comte de la Norme composait aussi des poèmes sirupeux
où il comparait la Duchesse à
un encornet,
un ornithorynque,
et un manchot,
et il récitait ses vers devant un auditoire stupéfait
d'invités en train de glousser.

Le Comte alla même jusqu'à se présenter un soir
vêtu d'une cape aux couleurs vives toute en brocart
qu'il avait empruntée à Nigel, son extravagant frère jumeau.
Elle ne lui allait pas du tout.

La Duchesse des Caprices ne supportait pas
les ridicules tentatives du Comte pour gagner ses faveurs.
« *C'est toujours d'un ordinaire !* » se plaignait-elle à son père.
« Nos royaumes doivent rester amis », répondait le roi.

Un soir, la Duchesse des Caprices
recevait ses invités habituels pour le dîner
lorsque soudain le Chef tomba malade.
Ce fut la panique.
Qu'allaient-ils tous manger ?
On sortit les livres de cuisine.
On sortit les toques de chef.
On sortit d'immenses saladiers et des cuillères géantes
et tout le monde s'attela à la tâche.

La Marquise du Charisme prépara des canapés aux truffes.
Mais d'abord elle dut dénicher les truffes dans la forêt –
en demandant son aide à un cochon.

Le Shāh de Hourra prépara une salade de cresson
accompagnée d'œufs de caille.
Mais d'abord il dut trouver la caille
et lui prendre ses œufs.

Le Duc des Rêves prépara un gâteau fourré au chocolat
saupoudré de toute une galaxie d'étoiles en sucre.
Mais d'abord il dut apprendre comment on saupoudrait le sucre.

Le Comte de la Norme n'avait aucun don pour cuisiner
et, d'ailleurs, plus aucune envie d'essayer.
Alors il prépara la seule chose qu'il savait faire
(un croque-monsieur au fromage fondu et un verre de lait)
et s'assit tranquillement pour manger.

Évidemment, songea la Duchesse.
Mais elle regarda quand même son assiette de plus près.
Son croque-monsieur avait l'air si délicieux.
Son lait avait l'air si rafraîchissant.
Comment quelque chose de si ordinaire pouvait-il avoir l'air si bon ?

Le Comte vit la Duchesse fixer son croque-monsieur
et bien sûr, il lui en offrit une bouchée.

Pendant un instant, elle examina l'objet en question,
son pain doré et croustillant,
son fromage ambré et fondant,
et sans plus attendre, elle mordit dedans.

Quel

délice !

Quelle

délectation !

Quel Enchantement !

Alors, tandis que les autres invités
continuaient à cuisiner d'arrache-pied
la Duchesse des Caprices et le Comte de la Norme
se mirent à bavarder.

Il s'avéra que le Comte de la Norme savait raconter des blagues. Qu'il aimait les couleurs vives et mourait d'envie d'apprendre à les porter. Qu'il avait même été héroïque une fois en sauvant son chien des griffes d'un cirque ambulant !

Il s'avéra que la Duchesse aimait les paisibles promenades en forêt et s'asseoir seule, au crépuscule, près de la mare aux grenouilles. Et qu'elle aimait par-dessus tout entendre les rainettes chanter.

Maintenant que le Comte en savait plus sur la Duchesse, elle lui plaisait encore plus. Maintenant que la Duchesse en savait plus sur le Comte, il lui plaisait bien aussi.

Ensemble, cette nuit-là,
le Comte et la Duchesse se
régalèrent du somptueux festin
enfin présenté devant eux par
des invités épuisés.

Et pour toujours ils passèrent
leurs soirées tous les deux
car ils aimaient être ensemble.
En fin de compte, la Duchesse des Caprices
et le Comte de la Norme se trouvaient...
tout simplement extraordinaires !

ISBN : 9782917460610

www.editions-micmac.com

First published in the United States under the Title ***The Duchess of Whimsy*** *by Randall de Sève, illustrated by Peter de Sève. Text copyright © 2009 by Randall de Sève. Illustrations copyright © 2009 by Peter de Sève. Published by arrangement with Philomel Books, a division of Penguin Young Readers Group, a member of Penguin Group (USA) Inc. All rights reserved.*

Imprimé par Proost en Belgique.

Pour la Duchesse des Caprices
et le Comte de la Norme originels.
Avec tout notre amour,
R&P